로타

걸으며 생각을 만나다 II

________________ 님을 만나

여기까지 왔습니다

송양의 명상 에세이

로타

마음 챙김 로타 산책

송양의 글·사진

월파출판

프롤로그

걸으며 생각할 이색 장소를 찾은 곳이 바로 로타 섬이다

멀리 유명한 곳에 가지 않아도 소소한 행복은 있을 거라고 희망을 품었다.

가끔은 실수하고 서툴러도 된다고, 너무 잘하려고 애쓰지 말라고 행복을 빌며 갔다

그리고 묻는다. '마음 챙김의 삶을 살고 있는가.'

로타(ROTA)를 산책한다. 걸으며 생각을 만난다.

내 것이었을 것 같은 날개를 주워서 달고 걷는다

꿈꾸는 것이 이루어지도록 조용히 길을 간다.

고요하고 인적없는 산책길에서 자연과 대화를 나누고 체험을 노래한다.

바다와 섞인 수평선 하늘가에 새파란 구름이 돋아난다.

가다가 힘들면 영혼을 풀밭에 누이고 이 세상을 떠날 때 가져갈 수 있는 것만 생각한다.

뿌듯함으로 로타를 수 놓았다

2023. 1. 2

月波 송양의

송양의 명상 에세이 **로타**

마음 챙김 로타 산책 걸으며 생각을 만나다 Ⅱ

차례

ROTA

1. 로타 소개

교통

로타에서 대중교통 수단은 없고 자가용이나 렌터카 필수. 세단으로 갈 수 있는 road 길이 있고, 4wd road 4륜 구동차로 갈 수 있는 비포장길이 표시되어 있는 지도를 보면서 가면 편리하다. 한국 면허증 있으면 차를 렌트 할 수 있고 내비게이션이 거의 사용 불가하다. 핸드폰은 안 터지는 곳이 더 많다.

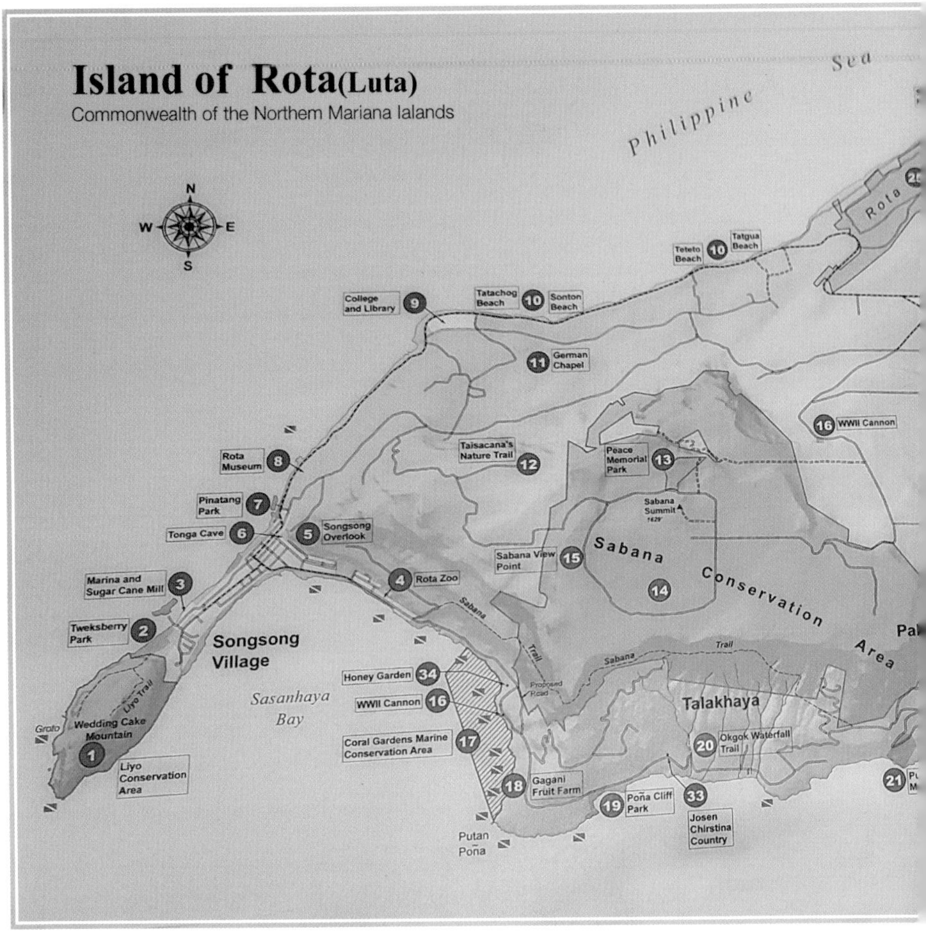

Island of Rota(Luta)
Commonwealth of the Northem Mariana Ialands
Philippine Sea
N
W
E
S
Rota
Teteto Beach
10
Tatgua Beach
College and Library
9
Tatachog Beach
10
Sonton Beach
11
German Chapel
16
WWII Cannon
Taisacana's Nature Trail
12
Peace Memorial Park
13
Rota Museum
8
Pinatang Park
7
Sabana Summit
Tonga Cave
6
5
Songsong Overlook
Sabana View Point
15
Sabana
14
Conservation Area
Marina and Sugar Cane Mill
3
4
Rota Zoo
Tweksberry Park
2
Songsong Village
Sabana Trail
Honey Garden
34
WWII Cannon
16
Sasanhaya Bay
Proposed Road
Talakhaya
Groto
Wedding Cake Mountain
Liyo Trail
1
Liyo Conservation Area
Coral Gardens Marine Conservation Area
17
20
Okgok Waterfall Trail
18
Gagani Fruit Farm
19
Poña Cliff Park
33
Josen Chirstina Country
Putan Poña
21

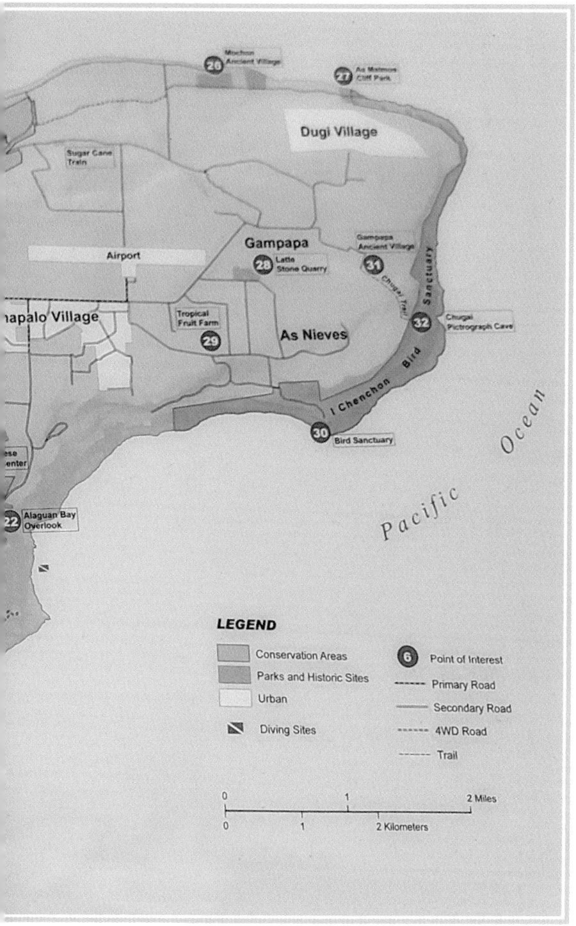

ROTA

위치

괌섬에서 북쪽으로 76km

사이판에서 남쪽으로 117 km

태평양 북서부 북마리아나제도

연방 최남단

비자 : 한국-로타 비자 면제 협정으로 무비자 여행할 수 있다

화폐 : 미국 자치령이므로 달러($) 사용.

언어 : 미국령이므로 영어를 쓴다.

항공 : 직항은 없고 사이판 경유해서 간다.

인천-사이판 비행시간 4시간. 사이판-로타 비행시간 1시간

기후 : 년 중 열대. 10월 이후부터 건기라도 스콜 현상 있음

인구 : 1,893명.(2020년 통계)

면적 : 85 평방km.(제주도의 20분의 1)

숙소 : 리조트, 호텔 등은 있으나 열악함.

편의 시설 : 마트 몇 개. 주유소 2개. 은행 2. 다이빙센터 2.

카페와 피자점. 렌터카 업체 2. 일식당. 병원. 경찰서.

소방서. 보트 대여점. 교회. 간이식당 등

관광: 다이빙 포인트가 많고 낚시하기 좋다. 섬 전체가 아름다운 비치

2. 길 없는 여행

로타의 길은 2차선 도로
(현지인들은 하이웨이 라고 말함)를
제외하고 대부분 흙길이다.
사람들이 갔던 흔적이 없는 풀밭 길이 많다.
내가 길을 만들어 간다.
나무들이 병풍처럼 펼쳐있다.

승자는 스스로 길을 만들어 간다고 한다. 패자처럼 길이 만들어지기를 기다릴 수 없다. 그럴 시간은 더욱 없다. 지금 먼저 할 수 있는 것을 하자. 미룰 수 있는 일은 나중에 하자며 전진한다. 가다 보면 멋진 풍경이 나올 것이리라. 좋은 풍경도 지금 보아야 한다. 내일은 못 볼지도 모른다. 바퀴가 높은 SUV 실용 차를 빌리지 않았다면 불가능했을 것이다. 조금 서툴더라도 내 인생을 응원하며 간다. 원하는 대로 노력하면 이루어짐을 안다.

역시 환상적인 옥빛 바다가 반긴다. 걷는다. 감사하는 마음으로 걷다 보면 어느 길이든 행복하지 않은 길은 없다.

도마뱀이 안내한다. 크기가 엄청나다. 뱀 등 다른 위험 동물이 이곳에서는 없다는 정보다. 도마뱀은 공격하지 않으면 물지 않는 다니 다행이다

천국에 바다가 있다면 이런 색깔이리라. 8가지 색이 경이롭다. 꽃들은 어디에도 빨강과 하양으로 수 놓았다.

시 한 수를 지어서 읊으며 걷는다

길 없는 여행

무엇이든 할 수 있는 자유가 앞에 있다.

안 되겠지 생각하지 않으면 용기가 난다.

삶이 쉬웠던 적이 있었나.

불완전함을 받아들이고 악수하자

사랑하는 사이더라도 화목하게 사는 것은 쉽지 않다

원하는 대로 이루어지는 삶은 불완전함을 받아들였을 때이다

길이 없으면 만들자

내가 가면 길이 될 것이다

갈 것인가 안 갈 것인가 선택은 각자의 몫

태양도 바람도 조절할 수 없는 것

그대로 받아들이고 가자

삶의 갈림길이 선택을 종용한다면 꿈을 좇아가자

가다가 멈추고 둘러보아야 길이 보인다.

되돌아가야 한 대도 당당한 걸음이 멋질 것이다

새는 날갯짓을 멈추지 않아서 날고 수목은 태양 빛을 받아야 자란다.

우리는 멈추지 않아야 자신을 유지한다.

가다 보면 누릴 것은 누리게 된다.

더 뜨거운 인생을 선택한다면.

ROTA

떨어지는 꽃을 조문한다.

내 몸에서 향기가 난다고 옆 사람이 말한다.

향기에 취하여 여행하니 자신도 멋진 사람이 되어가는 것 같다고 한다.

스스로 멋지지 않으면 멋진 사람과 동행할 수 없다

주인은 결정을 내릴 수 있다. 하인은 주인이 내린 결정을 실행할 뿐이다. 내 삶 속에서 이루어지는 일들이 내 인생을 만드는데 내가 결정하는 인생의 주인공으로 살아야지 않겠는가?

건강할 때는 늘 건강할 줄 안다. 넉넉할 때는 항상 넉넉할 줄 알고 빈곤의 아픔을 모르고, 소중한 사람들도 늘 곁에 있어 줄 줄 안다. 지금의 순간을 최고 좋은 때라 생각하며 최선을 다하는 하루가 되자. 이것이 바보처럼 살지 않는 지혜인 듯하다.

ROTA

여기가 걸으며 생각하기에는 세계 최고의 환경이다.

확인한다.

나도 증인이다.

자연이 만든 영화 세트장 같다

마음이 평안해지는 곳, 끝없는 바다, 바다를 바라보는 푸른 산,

초록빛 물결, 초록빛 대지, 초록빛 나무, 온 세상이 초록이다.

ROTA

숨겨진 낙원이 베일을 벗었다.
잔잔한 파도는 기본, 눈부신 세계가 펼쳐진다.
낙원을 걷는다. 투명한 바다, 와일드 스크린을 본다.
열대어들과의 유영, 산호 형성 군락이 끝없이 펼쳐진 곳,
에메랄드 물결을 가른다.

해안가의 고운 모래가 일품이다.
문명의 때가 묻지 않았다.

동화 같은 세상. 그 페이지를 들어가 본다.

기대를 많이 하고 왔다. 실수했다.

더 많은 기대를 했어도 충분했다

환상의 비경이 눈앞에 있다.

넋 놓고 바라봐야 하나? 이미 정신 나갔다.

옆에 사람이 없는 줄 알았다.

여행은 재발견이다.

내가 콜럼버스가 된다.

여행하는 과정이 이렇게 행복해 본 적이 없다.

세계 150개국 여행한 여행 전문가의 총평이다.

산 위쪽으로 간다.
구름 위로 올라가면 위험하지 않을까?
별걱정도 다해 본다.

ROTA

ROTA

세상이 학교다. 인생이 여행이다.

그렇다면 이런 곳은 여행해야 하지 않을까?

3. 새 보호구역

판타스틱 Bird Sanctuary 버드생춰리 (새 보호구역)

기상천외한 풍경을 상상이나 했던가. 오늘 제대로 물 만났다

무슨 이름을 가진 새인지는 모르겠으나 수백 수천의 새들이 온갖 형상으로 날고 있다. 절벽에 구멍을 뚫고 새끼를 키우나 보다. 천적을 피해 접근하기 힘든 숲속에 둥지를 만들고 사나 보다. 천적이 없으면 동물은 점점 더 약해진다고 한다. 시련을 받는다는 것은 행복하게 살아갈 수 있는 지혜를 얻는 것이구나.

부족하지 않으면 집중하지 않는다. 평탄한 삶은 걸작이 나오지 않는다. 흙탕길을 헤치며 온 것이 잘했다 나를 칭찬한다. 너무 완벽하게 너무 잘하려고 하지 말자. 조금 더 가볍게 살아가도 나쁠 건 없을 것이다.

여행은 역시 맛있다.

카르페디엠이라 부르며 감상한다. 숨은 보물을 찾을 시간이다

바닷물이 맞을까? 아래에 있는 바다를 의심스럽게 바라본다.

맑고 투명한 초록빛 바다, 햇빛에 반사되어 더 푸르다.

이렇게 깨끗해도 되나? 앞에 펼쳐진 알라구안 베이 Alaguan bay의 바다로 날아 떨어지고 싶다. 초록색 융단이 받아줄 듯싶다.

싱그러운 햇살로 몸이 충전된다. 낙원이 따로 없다.
상상 속의 풍경을 실제로 본다. 시간이 멈춘 풍경이다.
열심히 카메라를 들이댄다.

이곳의 하늘과 바다를 그리고자 온 화가는 없다.
시인처럼 황홀한 풍경을 조금이라도 그릴 수 없었을 것이다.
눈에 담기도 가슴에 품기도 모자란 시간이 있기 때문이다
시 한 편 절로 나온다.

새 보호구역

새들은 하루에 몇 번 왕복할까.
새 보호구역에서 운행을 세어본다.
출발 시간을 정해주면 준비라도 할 텐데
기다리는 손님은 아랑곳없다.

이곳에서는 경적도 금지인가.
소리 없이 떠났다가 되돌아온다.
옥빛 바다로 조용히 떠난다.
벽도 새도 되지 못하는 나
수십 마리 이름 모를 새들
숲속에서 빌린 것 돌려주고 다시 떠난다.

바다가 푸르러 푸른 울음인가.
새들 갑자기 파랗게 부서지는 파도로 낙하한다.
삶이 쓸쓸한 사람들은 여기서 꿈을 꿀 수 있겠다.
추억을 한 장씩 뜯어 손 흔들어 보낼 수 있겠다.
새들의 운무를 보면서 찬 가슴 데울 수 있겠다.
새 떼들 다시 차례로 피고 있다

나무는 뿌리가 먼저 늙고 사람은 다리가 먼저 늙는다.

걸어야겠다

인생길은 고장 나지 않고 잘 간다.

젊었던 청춘은 간 곳이 없다.

선물 받은 오늘, 즐겁게 살지 않으면 후일에 또다시 후회할 것이다

R
O
T
A

카르페디엠. 오늘을 살자.

현재를 즐기자.

그리고 생각하며 걸어야겠다

R
O
T
A

아무도 나를 알아보는 사람은 없다. 어떤 옷을 입든, 머리가 헝클어지든 편하다. 야자나무 그늘에 앉아 커피를 마신다. 계획으로 가득한 하루가 아니어서 더 좋다.

이곳을 처음에 강력 추천 안 했다. 강력히 추천했다가 여기 살고 싶어서 되돌아가지 않을 사람을 책임질 수 없었다. 천국에서 탈출하고 싶은 사람이 있을까?

여기 음식은 자연의 맛이다.

공장이 없어서일까.

자연식품이고 색과 빛이 자연을 닮았다.

잠에서 깨어나는 로타.

여기서는 빛과 그림자가 끊임없이 변한다.

자연이 만든 기적을 본다.

이곳의 예술작품은 신만이 만들 수 있었을 것이다.

아침부터 걷는다.

나는 살아있다.

살아있다는 것만으로도 기쁘다.

걷는다. 지금 행복하다.

지천에 있는 행복을 내팽개치고 욕심에 눈이 어두워서

행복을 모른다면 불행할 것이다.

명상의 효과는 크다.

에너지가 몸과 마음으로 흐른다.

건강하게 해준다.

흐름을 좋게 한다.

땀을 뻘뻘 흘리지 않아도 된다.

삶이 풍요롭다.

가장 실패한 인생은 추억을 만들지 않는 노년이다.

여행의 하루가 추억이 되지 않는다고 생각하지 않는다.

나 자신을 감동시키지 못하면서 누군가를 감동시킬 수 없다.

오늘은 무엇을 할까? 하지 않으면 아무것도 시작되지 않는다

멋진 말은 귀에 남지만 아름다운 모습은 눈에 남는다

지금, 이 순간을 즐겨라.

카르페디엠.

지금, 이 순간을 소중히 여기자.

여행을 떠나면 여행지에서 죽어도 좋다고 생각하자

4. 나아가야 발견된다

이곳에서 9월에서 11월까지는 코코넛크랩을 잡을 수 있는 곳이라고 한다.

육지에서 바다로 알을 낳고 다시 돌아오는 험한 길을 반복하는 코코넛크랩들을 보러 왔다. 낚시하기도 좋은 곳인지 고기를 많이 잡을 수 있다고 말한다. 초보자도 사람 크기의 고기를 쉽게 잡는 곳이란다. 물보다 고기가 더 많다는데 들어가 보아야겠다. 우리도 1m 크기 고기 잡아서 먹어볼까나?

한때는 일본군 점령지여서 일본 대포가 옛날의 흔적을 보여주고 있다. 해경 전망대 근처에 폭포도 있다. 작아도 있을 것은 모두 있다. 숲 터널을 지나면서 꼬집어 본다. 무릉도원에 왔을까? 컴퓨터 배경 화면에 들어와 있는 것일까? 지상낙원 로타에 빠지고 있다. 산호 해변으로 향한다.

절로 나오는 자작시를 읊으며 간다.

나아가야 발견된다.

내일은 무슨 일이 일어날까?
한 달 뒤에는 평안할까?
1년 뒤에는 잘살고 있을까?
원하는 삶으로 나아가기 위해서는 나쁜 감정에 휘말리지 말자
걱정은 뒤로하고 다 잘될 거라는 믿음으로 살자
누구도 신경 쓰지 않으면 자신을 느낄 수 있다
만족을 알면 항상 즐겁다.
마음에 걸리는 것 없어야 행복한 인생 시간이다

숨 한번 크게 내쉬고 하늘을 보자
끝을 질문하지 말자
곤란한 일은 결국 끝난다.
운명을 기다리기보다는 나아가는 게 낫다
도전하는 네가 자랑스럽다고 자신에게 격려하자
또 다른 가능성이 있음을 믿자
행복의 조건은 내 품에 있다
가야 발견된다.
원하는 것을 줄이면 한가로운 시간이 재산임을 안다.

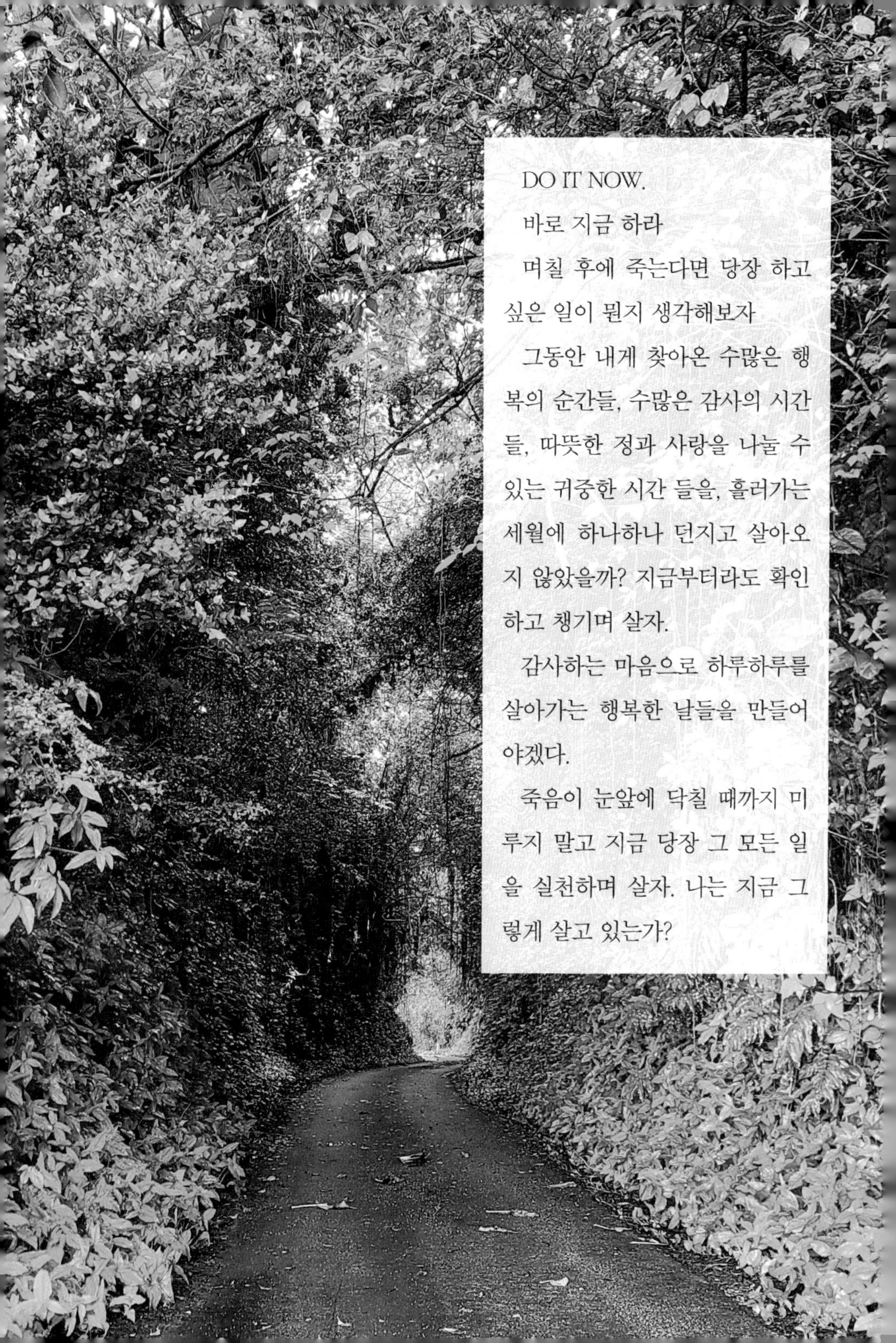

DO IT NOW.

바로 지금 하라

며칠 후에 죽는다면 당장 하고 싶은 일이 뭔지 생각해보자

그동안 내게 찾아온 수많은 행복의 순간들, 수많은 감사의 시간들, 따뜻한 정과 사랑을 나눌 수 있는 귀중한 시간 들을, 흘러가는 세월에 하나하나 던지고 살아오지 않았을까? 지금부터라도 확인하고 챙기며 살자.

감사하는 마음으로 하루하루를 살아가는 행복한 날들을 만들어야겠다.

죽음이 눈앞에 닥칠 때까지 미루지 말고 지금 당장 그 모든 일을 실천하며 살자. 나는 지금 그렇게 살고 있는가?

이곳은 아파트가 하나도 없다. 밤하늘의 구름이 예술이다. 보름달이 뜬 날, 달 사이로 흐르는 듯 흩어시듯 지펴 오른 구름은 한 폭의 수채화다. 떠나지 않으면 볼 수 없는 여행의 값진 선물이다

지금 가지고 있는 것에 감사하지 않는다면, 지금 가지고 있지 않은 것에 불만으로 살 것이다.

지난 과거야 어떻게 해석하느냐에 따라 바뀔 수 있지만
현재는 지금 행동을 어떻게 하느냐에 따라 바뀐다.

행복은 누가 만들어주는 것이 아니다.
미래는 지금의 결정에 따라 바뀐다.

돈 있어야 노후가 편하다고 모으기만 했다가 아파서 쓸 수 없는 날이 먼저 올 수 있다. 행복은 미루면 돈처럼 쌓이는 것이 아니라 그냥 사라진다.

믿는다는 건 무엇이냐. 사랑도 자주 흔들린다.
인연도 상처가 된다.
혼자임을 알면서 협치하는 것이 삶이다.

견디다 보면 다 지나간다.
잊을 줄 아는 것은 행복이다.
고통스럽게 하는 기억에 태만하라.
고민을 몇 분 이상 하는 것처럼 시간 낭비하는 삶은 없다.
꿀벌이 슬퍼하는 시간이 없듯, 여행은 원하는 일을 기억하게 한다.

윤회의 소풍 길에서 놓고 즐기자.
누구도 가야 할 그 뻔한 길을 외면할 수 있는가? 웃고 사랑하자.
이승이 저승보다 낫단 말, 빈말 안 되게 살자.

나를 직면하는 일은 참으로 어려운 일이다. 나를 의식하는 일만 해도 벅찰 수 있다. 지금 나 자신을 돌아본다는 것은, 그대로 수용할 수 있다면, 기막힌 행운이다. 행운은 바로 지금 여기 내 안에 있다. 지금 내가 그렇다

인생은 낯선 곳에서의 여행이라고 한다.
그래서인지 내가 점점 둥글어져 가는 모습이다.

꿈꾸는 자는 행복하다.
꿈을 위해 나가는 자는 행복을 초대한다.
불행은 좌절할 때 오는 것이다

생각이 좋으면 좋게 끝난다.
새벽에 비가 내렸다.
빗방울이 걱정, 두려움,
모두 씻어버렸으니
오늘도 여유로운 하루겠다.
긍정적인 생각,
무엇이든 감사하는 생각이
행복하게 만든다.

사랑은 변한다.

사랑의 기억은 변치 않는다.

사람은 변한다.

여행의 추억은 변치 않는다

ROTA

작은 소망이 큰 행복이 되게
하려면 내려놓고 가면 된다.

R
O
T
A

나이 들면서 이런 판단이 든다.

재물 많은 것보다는 건강.

동반자 있어야 하고.

스스로 즐길 수 있는 재산.

할 일 있을 것.

알아주는 사람 있을 것

가슴을 열자 탁한 마음을 환기해보자.

더없이 좋은 곳이다.

ROTA

예쁘게 보면 모두 꽃이다.
밉게 보면 모두 잡초다.
마음이 열리니 모두 아름답게 보인다.

5. 해변에서 멍

pinatang park 해변은 에메랄드 바다 그 자체다.

누가 여기에 파랑 물감을 풀어 놓고 갔을까?

로타는 사면이 바다이고 아름답다. 어느 곳이든 쪽빛 물결이고 잔잔하다. 해변을 걷다가 해변에서 멍때리고 쉬는 것도 좋다. 아무것도 하지 않을 자유를 만끽한다. 더 멋있는 Veterrans park/beach에서는 세상을 잊을 수밖에 없다. 걷는다. 장소를 옮겨서 테테토 비치 Teteto beach를 지나 구아타 비치 Guata beach까지 천천히 걸어와서 멍하고 있다. 해변이 아름다워서 힘든 줄 모르겠다. 대자연의 경이를 느낀다. 바람 냄새, 바다 냄새, 달다. 혀를 내밀어 신기한 맛을 본다.

바닷속은 물보다 고기가 더 많아 보이는데도 손으로 잡히지 않는다. 애초에 잡아도 놓아줄 생각이었다. 여러 시도를 해보다가 해변을 걷는다.

시 하나 지어가며 간다.

해변에서 멍

내가 가진 재력들이 여기서는 쓸데없다
재산이란 것이 잠시 소유하고 있었을뿐이었구나
재산이 여행길을 알려줄 수 없다
벽을 쌓아 갔을 뿐이었구나

명예를 얻으려던 것도 욕심이었구나
번잡한 것을 지웠어야 했다
가장 행복한 것은 단순함이었구나
남의 길을 가려고만 하지 않아도 되었구나

해변에서 멍때리고 있다
느림이 생각보다 맛있구나
빨리빨리 생활방식을 덜어냈어야 했다.
소유의 욕심으로 내 삶이 변경되지 말아야겠다

물질에 속박당하지 말자
가벼운 날개만 갖기를 소망하자
언제든 이렇게 떠날 수 있고 어디든 머물 수 있기를 바라자
처음에 바랐던 모습으로 살자

해변에서 온종일 게을러지고 싶다.

히말라야 갔을 때 카트만두는 맑고 청명할 줄 알았다. 매연, 먼지, 소음으로 머물고 싶지 않은 곳이었다. 이곳은 어디를 가도 쉬고 놀고 즐기고 싶은 곳이다. 모든 환경이 예술이다. 하늘과 맞닿은 바다, 땅과 하늘 바다 모두 같은 색이다. 그림을 그린다면 초록색 크레용 하나면 충분할 듯하다.

로타는 무엇을 찍어도 관광 엽서로 대신해도 완벽하겠다.

죽을 때는 아무것도 가지고 가지 못한다.
세상 것들 빌려 쓰고 있는데 집착하지 말고 빌려줄 때 즐기자.
가지려 욕심부리다가 시간만 보낸다.
놓아주고 만끽하자

로타는 풍경에 압도당하는 곳.
아름다운 풍경이 나를 눈멀게 하는 곳.
자연과 하나가 되는 곳.
전 세계 사람들이 오고 싶어 하는 곳.
자연과 벗이 되는 곳이다.

조건이 같아도 어떤 사람은 부족함을 느끼고
어떤 사람은 충분함을 느낀다.
자기 마음의 방향과 기준에 따라 차이가 날 뿐이다.

자연은 말이 없지만 무궁한 언어로 우리를 가르치고 일깨운다.
마음에 소음이 가득한 사람은 그 언어를 듣지 못한다.
마음을 비운 사람만 들을 수 있다.
깊은 침묵이어야 비로소 들린다.

하늘엔 구름이 땅엔 물이 흐르는데 내 생각은 흐르지 못한다.
날마다 산책한들 사색과 명상이 따라오지 못한다면 허무하다.
흘러야 하는 것이 흐르지 않는 것이 문제다.
멈춘 삶은 영원하지 않다. 오늘도 흐르자.

오늘도 생각으로 살아야 한다.
나이로 살면 젊게 살지 못한다.

상황에 맞게 구부릴 줄도, 펼 줄도 아는 사람은 삶의 어느 순간에도
즐거움과 행복을 찾아낸다.

운동을 위해 시간을 내지 않으면

병 때문에 시간을 내야 할지도 모른다.

내가 이 세상에 없어진다 해도

아름다운 저 산은 혼자 이곳을 지킬 것이다

매일 좋은 날일 수는 없다.

그러나 매일매일 웃을 수는 있지 않은가.

R
O
T
A

세월의 나이는 덜어낼 수 없지만,
몸의 나이는 노력에 따라 거꾸로 갈 수 있다.
몸을 방치하지 않고, 건강하게 괴롭히면
시간을 거슬러 더 쌩쌩해진다.

착한 자연의 땅.

어디나 순수한 어머니 품이다.

이 세상에서 아무것도 필요 없을 정도로 아름답다.

신의 선물 로타.
로타를 한 번이라도 본 사람은 평생 이곳을 잊을 수 없다는
'로타불루'라는 말이 맞겠다.
명상하며 걷는 사람에게는 최고의 장소다

꿈이라면 깨지 마라.

요정이 사는 곳이 분명할 거야.

신비롭고 몽환적인 풍경.

동화 속의 한 페이지.

지금 동화 속에 내가 있는 것 아닐까?

시각을 위해 여행한다면 인터넷으로 책상에서도 가능하다.
미각, 후각, 시각, 감각 등 모두를 위해 여행한다.
여행의 희열을 느낄 때 삶에 환호한다.

여행의 기억은 휘발된다.

오래 기억하려면 쓴다.

기록한다.

사진을 찍고 현장을 기술한다.

6. 山 속을 걸으며

오늘은 사바나 山(MT. Sabana)을 오른다.

해발 496m이다.

원주민들만 가끔 꽃이나 약초를 캐러 간다는 험지다. 정글을 뚫고 등산할 방법은 없다. 산 정상까지 바퀴 높은 차를 이용하여 나선형으로 오르고 그곳 초원에서 걷기로 한다. 출발은 용감하였지만 바로 길 없는 길을 만났다. 얼마나 갔는지 목이 탄다. 산속에 즐비한 야자를 따서 먹어보려고 온갖 방법을 동원했지만 포기하고 만다.

자동차 바퀴를 왕복하여 야자를 깨트렸으나 먹을 수가 없다. 사탕수수도 많다. 순간 내 머리를 쳤다. 자연은 스스로 완벽하게 소화하며 진화해가는데 자연 생태계를 훼손한 최초의 인간이 내가 되는 것 같다고 멈춘다.

다시 운전한다. 비가 자주오는 곳이라 흙길이 파인 곳이 더 많다. 더는 무리라고 돌아가려 한다. 차를 돌릴 곳이 없다. 전진한다. 차가 갈 수 없는 곳은 길을 만들며 간다. 주위에 있는 돌을 가져와 파인 곳에 밀어 넣고 간다. 누군가 지나갔을 것 같은 진탕 길을 나무토막 가져다가 놓으며 간다. 속도가 한없이 느리다. 여기에서 자동차가 고장 나면 대책이 없을 것이다. 걸어서 몇 시간 거리에 사람도 없다. 통화 불능지역이라 연락도 되지 않는다. 두렵더라도 전진이다. 결국은 사바나 산이 영접한다.

ROTA

정상에 차를 놓고 걷는다. 산 정상이 엄청나게 넓고 평평한 다른 세계다. 원시림이 발아래에 있다. 엄청난 모습이 장관이다. 멋있다. 모험할 가치가 충분하다. 죽음은 두려워하지만 믿음을 가지고 온 보상은 훌륭하다. 서로의 얼굴을 보면서 깔깔대고 웃는다. 얼굴에 흙과 검정이 묻어서 가관이다. 서로 닦아주며 또 웃는다. 깊은 산속에서 우리의 웃음소리가 사방으로 흩어진다.

바다를 바라보며 점심을 먹는다. 햇반과 김, 고추장이 진부다. 꿀맛이다. 먹을 것을 준비해야 한다. 식당이 없다.

ROTA

로타는 관광지를 가도 사람을 볼 수가 없다. 어디를 가도 우리뿐이다. 나와 아내는 모험하는데 취미가 맞는다. 도전할 수 없을 것 같은 장소도 거침없이 간다.

아프리카에서 길을 잃은 적이 많지만 지금도 길을 찾으며 걷고 있으니 추억거리가 된다. 무서워서 도전하지 않으면 껍데기만 보게 된다.

시 한 편 지어본다.

山길을 걸으며

뒤돌아보면 추억이다
흔적을 두고 간다.
소유했던 걸 두고 세상 떠나듯 간다.
조금은 두려워도 행운을 걸자고 용기를 낸다.
세상 두루 여행하라는 가슴에 감사하며 간다.

나에게 주어진 행운을 행복해하지만은 않았었다
세상 소음에 귀 기울이며 살았었다
산길을 걸으며 나는 새로 피어난다.
기쁨이 넘치는 꽃이 되고 있다
나비가 되어 이 순간의 풍요를 받아들인다.

위험을 감수하지 않으면 자유롭지 않다
알곡은 갖지 않게 된다.
험한 산길에서 길이 나를 떠받쳐준다.
생각과 기대가 함께 한다.
자신이 경이로운 존재임을 느낀다.
다시 이 길이 부를 것 같다

여행은 자신이 살아보지 못한 다른 세상으로 자신을 이끌어주는 간접 경험의 장이다. 간접 경험은 직접경험으로 인식되어 직접적인 삶의 경험 들을 갖게 해준다. 그러므로 누구나 할 수 있는 가장 놀라운 모험 중 하나인 여행을 멈출 이유가 없다.

여행은 이제부터 자신이 무엇을 하고 살지를 알려주는
삶의 내비게이션이다. 하는 것만으로도 기분이 좋아진다.
나에게 맞는 여행은 몸에 맞는 음식을 섭취하는 것과 같다.
그걸 만나는 것은 하루를 행복하게 마무리하는 방법이고
우리의 인생을 즐겁게 사는 하나의 즐거운 선물이다.

즐기지 못하면 여행해도 소용이 없다.

여행은 걸어 나니는 꿈이나

R
O
T
A

행복을 내가 찾지 않으면 그 누가 대신해주지 않는다.
지금 시작하자
이왕 태어난 것 가슴 떨리게 행복한 삶을 살아야 하지 않을까?
스스로 행복하겠다 싶다면 용기 있게 일어서자.
나만이 내 인생을 바꿀 수 있다
남들에게 맞추어 살고 있다면 행복할 수 없다

중요한 것은 희망하는 것이 아니라 행동하는 것이다

마음에 물어보자 그리고 마음이 시키는 일을 용기 있게 하자

나는 하고 싶은 것을 하는 내가 좋다.
내가 싫어하거나 관심 없는 분야에 얽매이지 않으며
원하는 곳에 적극적인 자세로 나아간다.

R
O
T
A

여행은 비용, 시간, 에너지 등 많은 것이 투여된다.

그냥 날려버리기엔 너무 아깝다.

좋다면 저장하자. 기억하자. 만들어 놓자.

R
O
T
A

실패한 여행은 기억나지 않는 여행이다.
기억에 남는 여행이 되자.
기억나는 실수한 여행을 하자.
성공만 한 여행은 쓸 것이 없다.

ROTA

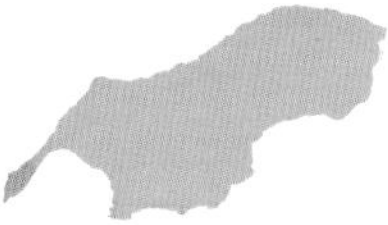

대가가 큰 여행일수록 기억에 남는다.

여행지에서의 갈등, 고민도 나쁜 것만은 아니다.

나이 들면서 넘어지지 않으려 하는데 넘어진다.
그래서 가장 잘 넘어지는 방법을 배운다.
유도를 시작할 때 맨 처음 배우는 것이 낙법이다.
잘 넘어지는 방법을 익히면 넘어지는 일을 겁내지 않는다

7. 바다에 누워

스위밍 홀에서 수영하고 있다.

swimming hole은 천연수영장이다.

바다와 육지 사이에 산호초가 막아주는 방파제가 있어서 편안하게 수영하기 좋은 곳이다. 바닥은 모래이고 깊이는 120cm 정도로 얕다. 특이한 것은 수영하는 사람이 우리뿐이라는 것이다. 배영, 접영, 등 수영한다. 이곳에서 스노클링도 한다. 썰물 때 빠져나가지 못한 물고기가 많다. 아무도 없는 야외 천연수영장에 화장실, 샤워장 등 편의 시설이 다 있는데 우리만을 위하여 만들어 놓은 것 같다. 화가라면 이곳의 아름다움을 그렸을까? 시인은 모두 표현할 수 없다. 아주 작은 부분의 아름다움만 말해야 한다면 가능할 수도 있을 것이다.

시 한 편 읊으며 간다.

바다에 누워

물고기가 허공에 떠다닌다. 하늘이 바다에 잠들었다.
꿈꾸던 낭만의 바다
하늘 멍, 물 멍
생수를 얼마나 부었으면 이렇게 맑을까.

내가 좋아하는 풍경을 찍고 그리는 것이 일이 되지 않게 하자
부드러움으로 나의 길을 가게 하자
파도의 방향은 바꿀 수 없다
노을은 아직 하늘에 가득하다.
바다와 하늘을 눈에 담아본다.

내 인생의 뱃사공이 되자
단순할수록 오래간다.
허공이 내 마음처럼 비어있다.
깨달음을 얻었나 보다.

점심을 준비한다. 식당이 있어도 찾기가 힘들다. 아침 먹었던 식당에서 준비해준 햇반과 김과 과일로 점심을 대신한다.

맛있다. 여기는 대단한 요리사가 없다. 싱싱한 재료로 맛있게 만드는 요리사가 최고일 텐데 없어도 맛있다. 편하고 아름다운 곳에서는 무엇이든 맛있는 모양이다.

넘어진 야자수에 걸터앉았는데 온몸에 개미들이 가득하다.
개미나 벌레를 떼려고 바닷물로 들어간다.
이것들을 먹으려고 도망갔던 물고기들이 나를 향해 직진이다.
신기하여 벤치에 앉았다가 바다로 들어갔다가를 몇 번 반복한다.
나를 좋아하는 물고기 때문에 즐거운 시간이다.

근처에 로타 리조트와 컨트리클럽이 있다. 골프장은 좋아 보인다. 라운딩하는 사람이 없나. 골프장을 비롯하여 좋은 시설들이 아무도 이용하지 않다니 놀랍다. 우주인이 로타에 여러 시설 해놓고 사라졌을까? 신기한 곳이다. 꼭 천국에 온 느낌이다. 천국이 이렇게 좋다면 가보고 싶다. 사람들이 아무도 없으니 꼭 마음 맞는 사람과 함께여야 심심하지 않을 것 같다.

ROTA

아는 것보다 실행하는 것이 중요하듯
여행은 만들어 가는 것이지 발견하는 것이 아니다.

나이 들어서도 인생 역전의 기회는 온다.
용기 없는 사람은 그 기회를 흘려보낼 것이고
용기 있는 사람은 그 기회를 잡을 것이다

살아온 날들의 과거로 인생을 논할 일이 아니다.

인생은 지금부터이다.

눈을 뜬다.

살아있다.

어제보다 나은 삶을 사는 것이 스스로에 보내는 가장 좋은 선물이다

행복은 항상 있다.

준비가 안 되어서 찾지 못할 뿐이다

ROTA

꿈도 좋다 생각도 좋다.

하지만 실천하지 않으면 울리는 꽹과리다.

실천력이 없으면 지식을 얻는 것이 아니다.

여행에 미친 듯이 몰입하고 있다.
그리고 즐긴다. 그래서인지 책이 많이 발행된다.
즐기는 사람이 이긴다는 것을 믿는다

인생은 마음먹기 달렸나.

힘들고 고달프더라도 희망을 선택해 기쁨의 길을 간다.

욕심을 좀 더 멀리서 남의 것처럼 바라볼 수 있어서 여행은 좋다.

오늘도 담담한 마음으로 삶의 여백을 담는다

행복은 마음으로 만든다.
마음으로 많은 것을 담을 수 있다면 좋은 곳이다.
삶은 참으로 고귀하고 아름답다는 것을 알 수 있는 하루다

아프고 고통스러우면 신과 대면한다.
고통이 멀어지면 하나님도 멀어진다.
조금만 행복해도 인간은 신을 잊는다.
공기가 어디에나 있을 때는 공기의 귀중함을 모른다.
신이 만든 천국 체험하면서 행복해서인지 오늘도 신을 잊고 살았다.
아니다, "감사합니다"를 수십 번 했다.

8. 걷다, 느끼다

걷다 느끼다

소중히 쥐고 있던 모든 것들을 놓을 날이 있으리라
공기가 물처럼 무겁게 느낄 때까지는 삶을 사랑해야지
내가 걷던 길, 내가 살던 집들은 남겠지
내가 데리고 갈 것은 사랑의 추억뿐, 여행의 기억뿐.
떠난 사람들은 되돌아오게 할 수 없다

가자 이 길을!
상상할 수 있는 그 어떤 것보다 좋으리라.
내가 하고 싶은 내 인생에 올라타 웃을 수 있을 때까지 가자
나 또한 나무 잎새라면 언제 바람에 떨어질지 모른다.

매 순간 행복하지 않으면 유죄
하고 싶은 일을 하지 않고 남겨두는 일도 유죄
내 삶을 살지 않은 채로 죽으면 더 큰 죄
산다는 것은 자유롭다는 것
산다는 것은 아름다운 걸 만난다는 것

다가온 놀라움에 이끌려간다.

새롭게 간다.

나뭇잎들이 작년은 죽었다고 말하며 피어난다.

못나도 자신만만한 잡초처럼 되어야지

자유롭게 남은 생을 살아야지

너무 빨리 춤추지 말아야지.

삶의 속도를 늦추어야지

걷다 느끼다.

때 묻지 않은 자연, 비밀의 문을 들어선다.

좁은 길 양옆으로 마주하는 열대 식물들이 반긴다.

비포장 숲길을 헤치며 차로 오른다.

송송 전망대(song song look out)에 올랐다.

산 아래에 푸른 바다를 품고 있는 송송 빌리지와 마을이 보인다.

다들 날아오를 것 같은 풍경이다.

웨딩케이크(wedding cake mt.) 산이 예쁘게 자태를 뽐내고 있다.
사산하야만 sasanhaya bay의 푸른 물결이 눈앞에 있다.
시장기념공원도 보이고 트웩스베리Tweksberry beach 비치도 보인다.
우리가 묵었던 로타에서 가장 높은 발렌티노 호텔이 아래에 있다.
여기서는 가장 크다고 하는데 우리나라와 비교하면
가장 작은 모텔 이하이다. 통가 동굴을 거쳐 내려온다.
트웩스베리 비치 근처에 천 그루의 야자나무숲이 있다.
걷지 않을 수 없다. 신호등이 없는 나라. 비현실적인 풍광.
어디를 가도 만발한 꽃과 향기는 인간이 조성했을 리가 없다.
계획으로 불가능한 섬, 꽃이 아닌 것도 꽃처럼 아름답다.

행복한 삶이 많을수록 삶은 더 단단해진다.
그러므로 더 많은 행복을 쌓아 가야 한다.

달을 향해 쏜 화살이 달에 도착하지 못한다고 한들,
그것은 달과 별 사이에서 반짝거리며 빛날 것이다.
그러므로 꿈을 포기하지 말자.

행복이란 숨어있는 경우가 많다.
이렇게 여행하면서 환기할 필요가 있다

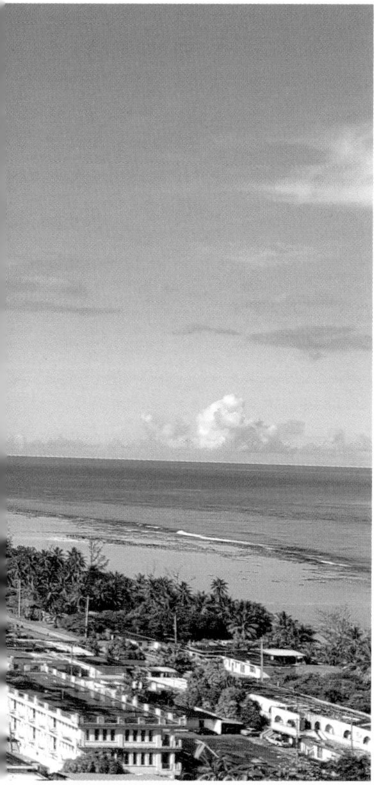

얼굴에 행복한 표정이 가득하다.
비결이 무엇이냐고 물으면 어떠한 일이 있어도
"감사합니다"를 말하며 살 뿐이라고 대답하겠다.

죽은 다음에 동반자를
돌아보지 말고
살아있을 때
더 자주 되돌아보자.

에너지 저장소를
늘리려면
긍정, 용서,
친절, 사랑, 감사.
이런 말과 생각과
행동을 해야 한다.
이들이 마음의 세포가
먹고사는 영양분이기
때문이다

두 사람이 합심하면 못 이룰 것이 없고, 합심하면 이루지 못해도 아름답다

아무리 멋진 꽃길도 건강해야 걸을 수 있다. 건강하게 살기 위해서 걷자 다리가 무너지면 건강이 무너진다.

오늘도 다시 돌아오지 않는 소중한 시간이다.
기다리지 말고 지금 해야 할 일은 지금 하자.
"지금 바로 하자"

손잡고 걸어가면 마음마저 따뜻해진다.
동행의 기쁨, 동행의 위로, 동행자로 인하여 행복이 배가 된다.
오늘도 행복 많이 만들어야겠다.

나이는 한탄하고 원망할 존재가 아니다.
나이가 무슨 죄인가? 나이를 들먹이는 우리가 문제이다.
세상은 찬란하다.

버리고 내려놓으면 가볍다. 지금 가벼운 여행길이 참 편하다.
머리에 생각도 복잡하고 무거워지기 전에 자주 버리자.
삶이란 원하는 것이 많을수록 힘들다.
내려놓을수록 더 얻지 못해 아쉬운 것 보다는
더 버려서 더 시원함을 맛본다.

행복을 느끼는 횟수에는 제한이 없다.
행복을 느끼지 못하는 것은
스스로 행복의 커트라인을 정해놓고 살기 때문일 것이다.
불행한 날보다 행복한 날이 더 많다는 것을 잊고 산다.

9. 삶을 담다

자작시를 만들며 가는 길이 좋다.

삶을 담다

걷는다. 멈춘다.
고요를 듣는다. 숨소리에 귀 기울인다.
일어선다. 충분하다
경이로움이다
삶이 열려있다.

밤에 별빛 감상에 나섰다. 별빛 투어를 별도로 신청하지 않아도 된다. 집을 나서기만 하면 별 밭이다. 세상의 별들은 모두 로타에서 잠자는 모양이다. 모두 몰려와서 하늘을 수 놓고 있다.

아름다운 별 감상에 하늘 향한 목이 아프다. 지나가는 구름이 휴식시간도 준다. 내가 서 있는 곳이 지구가 아닌 다른 별이 아닐까? 송송 마을에 불이 들어온다면 로타의 아름다움이 잠드는 것이다. 별 맞이 가라는 뜻이다. 귀찮아서, 해보았자 등으로 해보지 않고 포기하는 경우가 많다. 노력 없이 이루어지는 일이 있던가? 용기를 내어 가보자. 행복은 찾아오는 것 아니라 찾아가는 것. 노력은 배신하지 않는다는 말이 증명되는 밤이다

나뭇잎 사이로 햇살이 빛나는 날 아침을 나선다.
섬은 작지만 숨은 보석이 많다. 이곳은 무덤도 공원이다.
삶과 죽음이 함께 하는 풍습에 경건하다.

스트레스를 해소하는 가장 간단한 방법은 감사다.
감사를 말하거나 생각할 때 스트레스 홍수는 몰려오지 않는다.
감사를 품고 사는 사람은 오래 살고 아프지 않다는 말이 정설이다.
"감사하며 살자"

사진을 찍을 수 없다.

이렇게 아름다운 풍경을 아주 조금만 촬영한다는 것이 한이다.

인생은 물들기이다.

이곳의 색깔로 물들고 싶다.

집에 가기 싫다고 외친다.

이 푸른 바다는 주인이 없다. 아니다,
이용자가 주인이다.

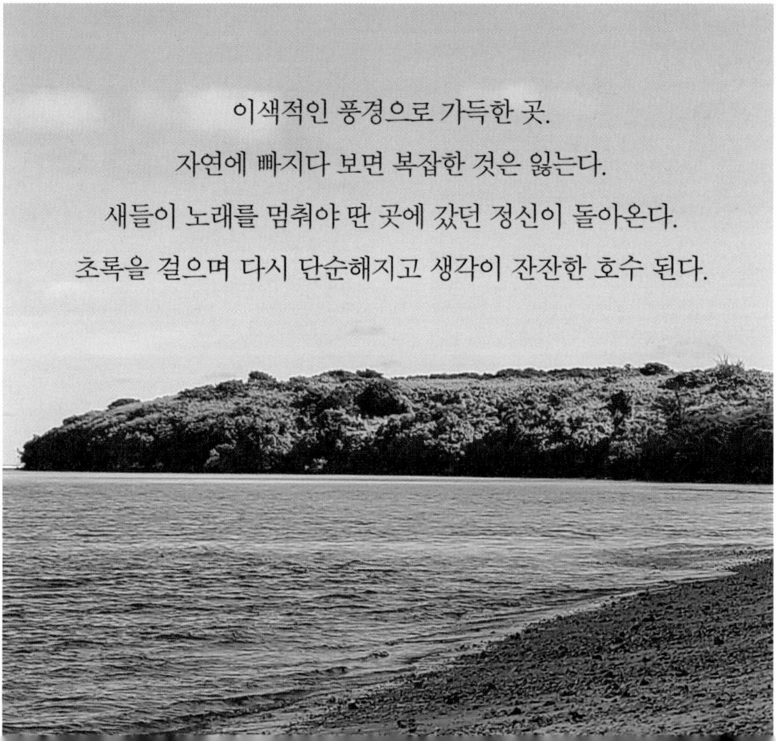

이색적인 풍경으로 가득한 곳.
자연에 빠지다 보면 복잡한 것은 잃는다.
새들이 노래를 멈춰야 딴 곳에 갔던 정신이 돌아온다.
초록을 걸으며 다시 단순해지고 생각이 잔잔한 호수 된다.

우리나라 공기보다 1,000배 좋다.

미세먼지 농도가 1,000분의 1이라고 한다.

미세먼지 없는 무공해 천국.

신의 정원이 맞다.

앞에 놓인 선물, 깨끗한 자연, 가시거리 100km.

이곳의 소리에 귀 기울여 봐달라고 말한다.

산이 에메랄드로 만들어져있어 그것이 녹아내려

바다가 에베랄드빛일까?

산, 하늘, 바다, 모두 색깔이 똑같다.

나는 행복하게 살기로 했다.
보여주기 위한 행동은 그만하기로 했다
원하는 일이나 행동하기로 마음먹었다.
지금은 매일 마법 같은 일이 펼쳐지는 것을 느낄 수 있다.
시가 줄줄 나온다.

가야 할 길

꿈이 바래고 있다고 낙엽처럼 바래지 말자
아침 냉기에도 꽃은 피는 법
꿈은 서둘러 이별하지 않아도 된다.

희망을 대신할 것은 너무 많다, 포기하지 않으면
날 뒤따라오는 바람이 보이지 않을 뿐
나의 흔적도 꽃으로 자라게 할 수 있다

듣지 못하는 수족관 물고기라도
숨 쉬는 것을 잊지 않는다
저렇게라도 살고 싶을까는 남의 생각
죽기 전까지는 더없이 아름다워지도록 해야 한다.

오래가고 싶으면 꿈을 품고 천천히 가야 한다.
열정이 뒤따라오도록
내가 변하지 않도록
헛된 시간은 없으니 무심히 열심히 가야 할 길을 가야 한다.

시가 이렇게 쉽게 창작되는 것을 보면 로타는 시의 창고다
생각나는 대로 읊어본다.

인생

인생은 장편 영화다
아니다, 단편이다
점이 모여 선이 되듯 삶은 조각 모음이다

영화가 끝나면 돌아가야 함을 알면서
행복하기에도 인생은 너무 짧은데
인생길 알면서 내가 없는 곳으로 달렸구나

소풍날 추억의 잔상이 아른거려
내 장례식 때 초대할 사람 뽑아본다.
불구경하듯 무관심할 것이다

아름다운 눈으로 보면 다 꽃인데
발버둥 치며 살았다고 외칠 것인가.
함께 갈 사람 없음에 한탄할 것인가.

미련도 후회도 없는 무대를 연습하지 못한 죄
빌려온 시간을 낭비한 죄
비웠다면 다 용서되었을 터

내 안의 내가 빠져나가고 있다

10. 에필로그

사이판 작은 공항 옆에 있는 국내선 공항에서 10인승 경비행기를 타고
로타로 향할 때부터 흥분을 감출 수 없었다.
바다 위를 무려 1시간 동안 작은 비행기로 갈 수 있을까?라는 의심은
비행기가 마법처럼 오르면서 환호로 바뀌었다. 쪽빛 바다 위를 갈매기와
함께 한 시간 비행하는 기분은 말할 수 없는 즐거움이었다.
어떤 사람은 무섭다고 한다.

피할 수 없다면 즐기는 게 낫다.

돌고래가 우리를 안내하는지 청색 바다를 열심히 찾아본다.

로타에 도착하여 렌터카를 타고 천천히 운전하면서 또다시 소리친다.

바다색이 파랑 물감이다. 진한 녹색의 압생트 술이 생각난다.

병에 담기만 하면 압생트로 우겨도 될듯하다.

즐비한 야자수 나무 사이로 걸어본다. 향기가 맛있다.

차도 사람노 우리뿐이다. 영화의 장면 같다.

누가 우리만의 사랑놀이를 위하여

양쪽 길을 막아 놓고 있는 것은 아닐까.

최신 트랜드와 패션이 살아 숨 쉬지 않는
고전적 클래식한 정소를 찾았는데 성공했다.
1년 내내 휴양 천국이다. 태고의 자연이다.
원래 세상은 이렇게 맑고 깨끗했으리라.
눈을 감아도 에메랄드 바다가 보이고 파도 소리가 들린다.

걸으며 꿈꾸고 생각하며 읊고 산책하며 즐기기에 맞춤 장소다.
로타에서 마주치는 풍경은 힐링 그 자체다.
아주 작은 섬이라 온종일 다녀도 바다를 볼 수밖에 없다.
수 천 년 훼손되지 않은 자연은 덤이다.
숲을 걸어도 위험하다는 생각은 해본 적이 없다.

천국 체험을 미리 한 셈이다. 로타가 '천국일거야.'라고 노래했다.
6월부터 9월은 우기라 건기를 택해 간 것이 잘했다.
스콜은 새벽에 내리는지 11월은 항상 맑은 날씨였다
실록의 땅 로타의 속살을 다 보았다.
태고의 모습 로타. 인간이 태어나기 전의 모습이 이런 풍경이었으리라.
선사시대로 온 것인가? 이곳은 인간의 탐욕으로 자연을 파괴하여 농산물을 재배하는 행위를 하지 않는다. 어느 곳으로 가도 자연 그대로이다.

ROTA

로타가 어떠냐고 물으면 '아름다움에 말을 잃었어요.' 하겠다.
여기는 돈이 많이 필요 없다. 쓸 곳이 거의 없다.
쇼핑이나 문명의 이기를 원하는 사람들은 실망할 것이다.
사람들을 거의 만날 수 없으니 자신과 대화하는 사람들이 좋아할 곳이다.
낚시, 산책, 다이빙, 스노클링, 등 체험 여행하는 사람들은 최고의 장소다

ROTA

R
O
T
A

느리게 살아야 하는 로타를 보면서
전쟁하듯 살지 말아야겠다고 생각했다.
하늘의 별을 자주 볼 줄 알아야
지상의 꽃을 진정으로 바라볼 수 있다고 느꼈다.
무엇이 잘 사는 길인지 해답을 얻었다.
행운, 웃음, 사랑, 행복, 기쁨을 무한 리필 받는 곳.
로타는 잊을 수 없을 것이다.
다시 가고 싶은 충동을 참기 힘들 것이다.
로타가 벌써 그립다.

송양의 명상 에세이

로타

마음 챙김 로타 산책 걸으며 생각을 만나다 II

초판 인쇄 2023년 1월 3일
초판 발행 2023년 1월 15일

지은이 송양의
펴낸이 송양의
펴낸곳 월파출판

등 록 제2010-000004호
주 소 충남 천안시 서북구 불당25로 8, 302-2703
(불당동 호반써밋플레이스 센터시티)
전 화 041-553-7008
이메일 sye4473@daum.net
발행처 정은출판

ISBN 979-11-85358-20-8 (03810)

정가 13,000원